Francis KRIESEL

Fleurs de Crépuscule

POÈMES

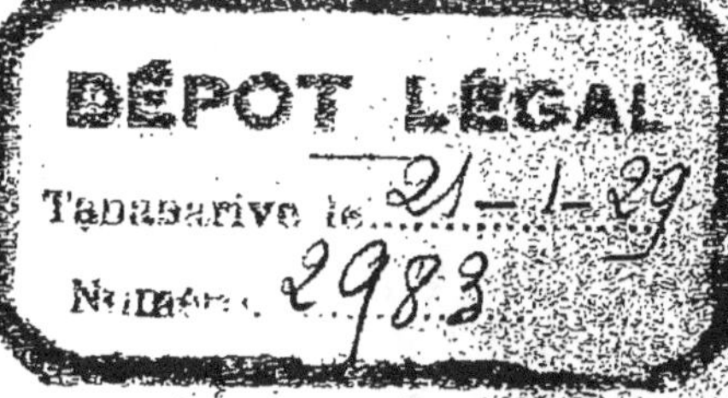

TANANARIVE
Chez G. PITOT & Cie
1928

Francis KRIESEL

FLEURS DE CRÉPUSCULE

Poèmes

Il a été tiré de cet
ouvrage huit exemplaires
sur Vélin de Madagascar
numérotés de 01 à 08
portant la signature de
l'auteur, 24 exemplaires
sur Vergé Hollande
Montgolfier numérotés de
09 à 032 et 493 exemplaires sur Vergé Prioux
dont 468 numérotés de
033 à 500 — 25 H. C.

Exemplaire N° 098 H. C.

FLEURS DE CRÉPUSCULE

Francis KRIESEL

Fleurs de Crépuscule

POÈMES

TANANARIVE
Chez G. PITOT & Cie

1928

A

Celles qui ont fait
chanter mon rêve.

Tu n'as jamais été, dans les jours les plus rares,
Qu'un banal instrument, sous mon archet vainqueur,
Et, comme un air qui sonne au bois creux des guitares,
J'ai fait chanter mon rêve au vide de ton cœur.

Louis Bouilhet.

PRÉFACE

Quand la nuit apparaît, légère, dans ses voiles
Vaporeux et perlés de tremblantes étoiles ;
Quand le flambeau du jour, tragiquement, s'éteint,
De ses derniers rayons, dorant les monts déteints ;
Quand l'ombre, lentement, s'étend voluptueuse,
Messagère du soir, aux vagues onduleuses,
Comme un amant jaloux, sur les étangs moirés,
Estompant le reflet des oiseaux apeurés,
Qui jettent en volant, de petits cris plaintifs ;
Quand la brise, en passant, dans la cime des ifs
Laisse de ses regrets s'émouvoir la complainte ;
Quand, dans le soir, j'entends fuser les sourdes plaintes
Des cœurs inapaisés, des amants d'autrefois,
Lugubrement pleurer, les nymphes aux abois ;
Quand du clocher croulant, enguirlandé de lierre
Dont les festons légers sont suspendus aux pierres,
J'entends, au loin, le son du pieux angélus
Pleurer le souvenir de ceux qui ne sont plus ;
Quand, sous mes yeux, je vois fleurir le crépuscule,

Je sens grandir, en moi, comme un feu qui me brûle,
Un feu doux, inconnu, dont l'étrange douleur
Me donne le pouvoir de lire dans mon cœur.
Et mon passé, tout mon passé, suivi de son cortège
De souvenirs fanés que l'oubli désagrège,
Que je croyais toujours sous les ans enfouis,
S'éveille vivement et se presse en fouillis.
J'aime le charme ému de ces évocations
Qui m'ont fait savourer de rares émotions :
Par elles, j'ai revu mes heures les plus belles
Qui sortaient de l'oubli, comme les plus cruelles ;
Ces fantômes d'Antan qui, métamorphosés,
Ont fait vibrer mon cœur au point de le briser.
Mes premières amours, mes premières détresses,
Mes premiers désespoirs suivis d'autres ivresses
Aux charmes évoqués, ont ciselé ces chants
Que vous n'aimerez point. Mais mon cœur, bon enfant,
Aime ces vers naïfs dont les rythmes ondulent
Et qui l'ont apaisé : ces fleurs de crépuscule.

Juillet 1928.

I

DES FLEURS...

Crépuscule . . .

Jà, la nuit tombe et la brise caline
Caresse les grands arbres du jardin.
L'ombre dort en ce merveilleux Eden,
Et, lasses, les roses pourpres s'inclinent.

Dans l'air mauve, flottent des parfums lourds...
Des anges d'amour, quelque part, soupirent :
On entend comme un bruit de sanglots sourds,
Etouffés par le souffle du zéphire...

Silence. Tout est quiètude et langueur ;
Partout les ombres se glissent, craintives,
Dans les arbres noueux et dans les fleurs
Qui s'étalent en corbeilles massives.

C'est l'heure émouvante du crépuscule,
Où nous ressassons de lourds rêves d'or,
Pour dissiper l'angoisse qui nous tord,
A regarder, là-bas, le ciel qui brûle.

Mars 1928

Musique . . .

Tu étais au piano, ma chère bien aimée,
Ravi, les yeux mi-clos, assis tout près de toi,
J'écoutais tendrement ta douce mélopée,
Et, lentement, mon cœur se remplissait d'émoi...

Je t'admirais longtemps, et mon âme, en démence,
Me laissait entrevoir des horizons trompeurs.
Mais toi, sur le clavier, avecque nonchalance,
Tu jouais des tangos de plus en plus rêveurs.

Et ton front virginal, ô vierge sans souillure,
S'illumina soudain, tout de rouge embrasé...
Sur ta bouche entr'ouverte, ainsi qu'une fleur pure,
Affolé, je posais un affolant baiser.

A mes yeux, ce soir là, tu semblais une aurore
Qui, pour moi, se levait au seuil de mes quinze ans,
Une idole divine, un ange qu'on adore
A genoux, à ses pieds, en un soir de printemps.

Tu levas tes beaux yeux... Ton âme radieuse
Vint effleurer la mienne en un tendre frisson ;
Je t'avais dans mes bras, frissonnante et rieuse,
Et ton cœur à mon cœur fredonnait sa chanson.

Novembre 1923

L'œillet rouge . . .

J'ai conservé l'œillet, qu'un soir tu m'as donné,
Alors que tous les deux, au rêve abandonnés,
Par la nuit, nous allions, serrés l'un contre l'autre,
Femme, toi, le seul Dieu, dont je fus l'humble apôtre.
J'ai mis jalousement ce fétiche d'amour,
Dans le coffret capitonné de blanc velours,
Parmi tes souvenirs et tes autres reliques.

Il garde le parfum de tes lèvres magiques,
Aux roses de corail... A mon tour, j'ai posé
Mes lèvres sur la fleur et rendu ton baiser,
Plus doux que le baiser des colombes pensives,
Ou que le bruissement de la brise plaintive
Dans les grands arbres roux des jardins bleus, le soir,
Quand la nuit, en pleurant, se vêt de crêpes noirs.

Tu pressais, en tremblant, souriante et caline,
Ma main qui caressait tes mains froides et fines ;
Et, lorsque je plongeai mon regard dans tes yeux
Où tremblottaient les feux des étoiles des cieux,
Je crus sentir passer, sur mon âme troublée,
Le frisson alarmé de ton âme affolée.
Tu croyais en ma foi, mais, quand même, avais peur
De n'être qu'un jouet d'un beau songe trompeur ;
Pauvre femme, avant tout, de nature, craintive,
Tu n'écoutais en toi, que ta peur instinctive.

29

Non, non, tu ne vis pas un rêve mensonger
Je t'aime aveuglement et tremble de songer
Qu'un jour puisse sonner, où, s'étant consumée,
Ma flamme ne serait désormais que fumée
Sortant en filets bleus du foyer démoli,
Et poussée, au hasard, par le vent de l'oubli.
Non, je ne me vois pas aux pieds d'une étrangère,
Lâchement déposer un amour adultère.
On ne peut renier le passé de serments,
Profondément gravé dans le cœur des amants.
Je m'en voudrais, toujours, que tu fusses blessée,
Et te crusses, amie, un moment délaissée :
Je veux que, ce jour là, les démons des enfers
Me tiennent, à jamais, enchaîné dans leurs fers.

Janvier 1928

Le Songe . . .

Je m'étais endormi, dans le profond silence
D'un beau soir de printemps où, dans l'air embaumé,
Les vagues, à mes pieds, d'un mouvement rythmé,
Venaient battre et mourir, sourdement, en cadence.

Et je vis, ô prodige ! couronné de nuages,
Un archange tout blond qui descendait des cieux ;
Il s'avancait ému, nonchalant, radieux,
Et s'assit près de moi, sur le sombre rivage.

« Tu seras, me dit-il, le grand prince des Maures,
« Et tu vas te dresser, sur le monde ébloui,
« Comme le jour se lève et succède à la nuit,
« Comme un Dieu vénéré qu'à genoux on adore.

« Tu iras disputer des couronnes lointaines ;
« Devant toi, Conquérant, les peuples ébahis,
« Inclineront la tête et te seront soumis.
« Vois . . . Demain, l'univers deviendra ton domaine.

« L'Orient, l'Occident, les cités Musulmanes,
« Les Monarques tremblants viendront baiser tes pieds,
« Tu verras s'écrouler les royaumes altiers,
« Comme la rose, au soir, à la brise se fane.

« Tu auras des palais de granit rose pâle,
« Des parfums brûleront toujours sur tes autels,
« Et, pour toi, Souverain, les honneurs seront tels,
« Que tout va te sembler une ivresse idéale. »

Janvier 1928

L'Etoile d'or . . .

Quand, sournoise et sans bruit,
Au ciel, glisse la nuit
Qui porte sur ses ailes,
Un manteau d'étincelles ;
A la voûte divine,
Une ardente lueur,
L'étoile du bonheur,
Espoir ensorceleur
Qui nous laisse rêveurs,
Splendide s'illumine.

O brille,
Scintille,
Espoir
Du soir,
O Reine
Sereine
Qui luit
La nuit,
Parure
Si pure
Aux cieux
Radieux.

Lorsque dans la nuit sombre,
Tout sommeille et tout dort,
Toujours l'étoile d'or
Scintille, au loin, dans l'ombre.
O Reine de la nuit,
O divine étincelle,
O farouche prunelle,
O puissance éternelle
Se dressant immortelle,
Sur le monde ébloui.

O brille,
Scintille,
Espoir
Du soir,
O Reine
Sereine
Qui luit
La nuit,
Parure
Si pure
Aux cieux
Radieux.

Tu guidas les rois mages
Toujours fidèlement,
Toujours pieusement,
Dans leur lointain voyage.
Flambeau qui s'illumine,
Lorsque le soir l'amant
Effeuille, ému, content,
La rose d'Ispahan,
A l'amante chantant,
Au ciel, tu te dessines.

O brille,
Scintille,
Espoir
Du soir,
O Reine
Sereine
Qui luit
La nuit,
Parure
Si pure
Aux cieux
Radieux.

Le Domino . . .

Etrangement vaincu, par le Dieu de l'amour,
Aux pieds d'un domino, je me jetais, un jour,
Eperdu. Comme un fou, je lui dis : « O Madame,
D'un amour insensé, vous m'avez frappé l'âme . . . »

Ses lèvres de corail s'ornèrent d'un sourire
Charmant, ensorceleur et qui semblait me dire :
« Ne désespérez pas, mon cœur vous a compris ;
« D'un grand amour, pour vous, de même il s'est épris. »

Hélas ! Trois jours après, j'appris que cette femme
Qui m'avait tout promis : son corps. . .bien plus : son âme,
Au cœur d'un autre amant, réalisait l'espoir
De venir le trouver, en cachette, le soir.

Décembre 1923

O les baisers . . .

O les baisers cueillis, dans les soirs nostalgiques,
Sur une bouche en fleur, qui se donne et frémit,
Les baisers affolants, les baisers idylliques,
Qu'échangent les amants dans le jour qui blémit.

O les baisers donnés par la femme affolée,
Qui se jette, vaincue, en les bras d'un amant,
Et dont l'âme à jamais, dès lors, s'est envolée
Vers un azur d'amour, de fol enchantement.

Les baisers éperdus de la vierge pudique,
Dont le cœur a parlé pour la première fois ;
Baisers ensorceleurs, enivrants et magiques,
Qui versent dans le cœur un affolant émoi.

Septembre 1924

Caprice . . .

B 2

Rêver, mon Dieu, rêver toujours
Dans la langueur des nuits exquises,
Dans la pénombre pâle et grise,
Rêver de très chères amours.

Ne se préoccuper du temps,
Oublier que, vite, il s'écoule,
Sentir, en soi, la forte houle
De désirs insensés, latents,

Sommeiller aussi, s'endormir,
Sentir alors notre pensée,
Dans les bras du rêve, enlacée,
Vers des horizons lointains, fuir.

Je veux, ce soir, dans l'ombre grise
Et douce comme du velours,
Rêver seul à la blonde exquise
Qui tient en éveil mon amour.

Je veux les œillets et les roses,
Les lilas mauves, les jasmins,
Les fleurs nouvellement écloses,
Dans un des merveilleux jardins,

Où les blanches nymphes, pensives,
Posent des baisers et des pleurs
Sur les roses rouges, massives,
Qui ploient avec grâce et langueur.

Février 1928

II

DES PLEURS...

Tout passe . . .

Sur sa bouche candide,
Un sourire figé
S'illumine splendide,
Vaporeux et léger.

Elle est morte, la vierge,
Sainte de chasteté ;
Dans un berceau de cierges,
S'épanouit sa beauté.

Quelle illusion vaine
Qu'une pâle beauté,
Tout naît pour vivre à peine,
En cette humanité :

La rose diaphane
S'épanouit au matin,
Et le vent du soir fane
Sa robe de satin....

Mars 1924

Quoi ? Finis . . .

Quoi ? Finis les beaux soirs où, follement unis,
Nos cœurs d'amants rêvaient de rêves infinis ?
Finis aussi les soirs fous d'extase et d'ivresse
Où, dans de doux baisers, plus doux que des caresses,
Nous scélions, à jamais, la fragile promesse
D'aimer ?
Aimer, verbe désolant et charmant

Que l'on conjugue à deux ; verbe que les amants
Aiment à chuchoter, et qui, dans leur cœur, chante,
Qui dira la souffrance, en toi, toujours latente :
On croit trouver du miel
Dans la coupe qui tente,
Elle est pleine de fiel.

Mai 1927

Le soir a pleuré . . .

Le soir a pleuré sur les roses,
Les roses pâles du jardin,
Sur mon âme triste, morose,
En prise aux griffes du chagrin.

Le soir a pleuré sur les pâles
Corolles des fragiles fleurs,
Ses perles de rosée, opales,
Aux mille feux ensorceleurs.

Le soir a pleuré sur mon âme
Qui, songeant aux amours défunts,
Enivrée, à demi se pâme
Au milieu d'affolants parfums.

Mai 1928

Nocturne . . .

De vieux saules pleureurs
Se penchent sur la route,
Et la lune, aux lueurs
Pâles, au ciel écoute.

Le lac bleu, dans ses eaux,
Incruste les étoiles,
Le frisson des roseaux . . .
La nuit étend ses voiles.

Une harpe d'amour,
Au loin, pleure le rêve
Enchanteur d'un beau jour,
Et qui, brisé, s'achève.

Un lourd parfum de fleurs
Pèse dans l'atmosphère.
Les nymphes sont en pleurs,
C'est l'heure mensongère . . .

L'amour, avec fureur,
Déchire ceux qui doutent ;
Et la lune, aux lueurs
Pâles, au ciel écoute . . .

Février 1928

Spleen . . .

Quand la rose s'effeuille au jardin de l'ennui,
Il est parfois, le soir, des moments nostalgiques,
Où le parfum des fleurs, l'étoile de la nuit,
Le vent qui passe, tout, nous semblent chimériques.

Au bord du crépuscule, on fait des rêves d'or,
Des rêves emportés sur l'aile de la brise,
A l'horizon sanglant, où le soleil encor
Jette ses feux mourants sur la campagne grise.

C'est l'heure ravissante où, radieux, les amants
En d'insensés serments, jusqu'à la mort se lient ;
Et que, pour un baiser déposé tendrement
Sur une bouche rose, on ferait des folies.

Et c'est l'heure où l'on voit, sous les sombres tilleuls,
Des couples enlacés qui, ravis, se promènent,
Tandisqu'abandonné, fou de me sentir seul,
Je vogue à l'aventure, ainsi qu'une âme en peine.

Octobre 1927

O mon cœur saigne . . .

O mon cœur saigne au songe, au songe de ce soir,
Où tu t'es, dans mes bras, enfin abandonnée,
Où j'ai lu ton amour, dans tes grands beaux yeux noirs,

Où ton âme ravie, à mon âme donnée,
M'effleurant, me grisa de son souffle divin
Dans le cadre enchanteur de fleurs pourpres fanées.

Le dernier arbre alors brûlait dans le lointain ;
Et le soleil mourant, en sa fière agonie,
Ajoutait ses couleurs aux couleurs de ton teint.

Une nymphe invisible, au bord des eaux bleuies,
Jouait de la cythare et, rêveuse, chantait
Sa complainte d'amour aux vagues d'harmonie.

Le miroir de l'étang, fidèle, reflétait
Nos baisers éperdus. La brise parfumée
Passait, comme un frisson, sur nos cœurs exhaltés.

Des flamboyants, tombaient maintes fleurs embaumées ;
Sur nous se projetait l'ombre d'un vieux manoir ;
Je t'avais dans mes bras, délirante et pamée.

O mon cœur saigne au songe, au songe de ce soir...

Juillet 1926

Rancœur . . .

Le croyant d'aujourd'hui demain devient profane :
Les plus belles amours, comme les fleurs se fanent.

Croire encore à l'amour, croire encore au bonheur,
Aux serments mensongers qui vous troublent le cœur,
Aux paroles de femme, à l'ivresse infinie
Qu'un baiser peut donner ? O charmante ironie...
Vous ne savez donc pas qu'ici-bas tout est faux ?
Que tout est trahison et qu'il faut être sot,

Pour ne point démêler ce qu'une âme de femme
Peut vous céler, lâchement, de desseins infâmes
Dans ces sourires doux, dans ces yeux langoureux
Qui vous font pressentir que vous serez heureux ?

Malheur au pauvre fou qui s'y laisserait prendre
Ou qui n'écouterait que son âme trop tendre :
La femme est un bourreau qui jouit à torturer
Le cœur qui, dans ses mains, ose s'aventurer.
L'amour de toute femme est toujours une injure,
Car, en disant : « Je t'aime », elle est déjà parjure.

Mai 1927

Souvenirs d'antan . . .

[illegible]

Le lilas mauve égrène un chapelet de fleurs...
Il fait si doux ce soir, la brise est si caline,
Que l'éveil du passé, si lourd d'heures divines,
Fait monter des sanglots, qui fleurissent en pleurs.

Je croyais que le temps avait parfait son œuvre,
Et que l'oubli sournois, au long des jours fanés,
Avait, pour jamais, clos le temple profané
De notre ancien amour. Mais comme une couleuvre...

Tu n'as pourtant été qu'une phase du rêve,
Que tout homme a vécu quand fleurit son printemps,
Que celle destinée à l'amour qui se lève,
Encor endolori, des souvenirs d'antan.

Mais bien que tu ne fus qu'une humble passagère
Qui prit place, un beau jour, sur ce vaisseau vainqueur,
Je ne puis resonger, aux heures de naguère,
Sans un troublant regret qui me ronge le cœur.

Si tu m'as fait goûter de cuisantes alarmes,
Si c'est ton désir seul qui fit qu'on a fauché
Le roman de bonheur entre nous ébauché,
Si tu m'as vu partir les yeux noyés de larmes,

Heureuse d'être enfin, à jamais, soulagée
De cet amour trop lourd qui, sur ton cœur, pesait,
Ne crois pas que, longtemps, mon âme affligée
Se complût à pleurer notre bonheur brisé.

L'oubli cicatrisa bien vite ma blessure
Et, vers d'autres autels, aiguillonna ma foi ;
Ce n'est pas moi, mais lui qui te fit cette injure,
Qui soufflette une femme et la met aux abois.

Près d'autres, j'ai trouvé les mêmes ivresses
Que tu me prodiguais, aux plus beaux de nos jours,
Et j'ai mieux savouré ces nouvelles caresses,
Car un amour qui meurt ouvre l'âme à l'amour.

Avril 1927

Je n'ai fait que passer . . .

Je n'ai fait que passer en ton île fleurie,
Pittoresque Bourbon. Tes rives, que la mer
Caresse tout le jour de ses baisers amers,
Ont souvent enchanté mes lourdes rêveries.

Je n'ai fait que passer, mais quand parfois je songe
Aux troublantes splendeurs de tes monts imposants,
Aux écumes d'argent de tes lointains brisants,
Je sens que le regret, sournoisement, me ronge.

Je n'ai fait que passer, mais dans mon cœur je garde
Le souvenir ému de ton ciel lumineux
Où parfois, en rêvant, un nuage soyeux
Sur le sommet d'un mont, câlinement s'attarde.

Je n'ai fait que passer en ton île fleurie,
Pittoresque Bourbon. Tes rives que la mer
Caresse en murmurant, de ses baisers amers
Bercent encor parfois mes lourdes rêveries.

Septembre 1928

III

LES OFFRANDES...

Clair de lune . . .

Sur la grande terrasse rose,
La lune en silence descend
Et, sur les calices des roses,
Pose des pétales d'argent.

La brise qui glisse câline
Fait, de ses invisibles doigts,
Sur les fragiles églantines
Courir un long frisson d'émoi.

D 1

Fraîches dans leurs toilettes claires,
Pâles comme de grands lys blancs,
Trois vierges que la lune éclaire
Font pleurer leur harpe en rêvant.

Dans le calme et dans le silence
De cette ensorceleuse nuit,
Elles pleurent une romance
Lourde de regrets et d'ennui.

Sur la grande terrasse rose,
La lune en silence descend
Et, sur les calices des roses,
Pose des pétales d'argent.

1928

L'idole . . .

Dans le sanctuaire d'amour
Tapissé de lourdes tentures,
L'obscurité gagne, à mesure
Qu'agonise au dehors le jour.

D'un geste impudique et sûr,
L'idole a rejeté ses voiles :
Rose, sa nudité dévoile
Deux seins drûs comme des fruits mûrs.

Etendue au creux des coussins,
Elle s'amuse, nonchalante,
A voir ses mains fines, errantes,
Affoler les fleurs de ses seins.

Je ne sais quels désirs obscurs
De baisers affolants la hantent ;
Ses yeux qu'une fièvre tourmente
Pétillent de regards impurs.

Dans le sanctuaire d'amour
Tapissé d'ombres et de songes,
L'idole insatisfaite ronge
Les coussins brodés sur velours.

1928

La relique . . .

C'est un mignon petit carnet
Recouvert de satin bleu pâle,
Un petit carnet, suranné,
Par le temps abimé, tout sale.

Dans un bal il me fut offert
Par une jeune fille blonde,
Ravissante, aux yeux d'azur clair
Et qui s'appelait Rosemonde.

Et sur ce carnet que j'aimais,
Donné par toi, vierge pudique,
J'ai noté les jours embaumés,
Vécus en cet amour magique

Qui berça nos cœurs de vingt ans ;
Mais l'oubli sournois et profane
Arrive avec le temps et fane
Les fragiles fleurs du printemps.

Vite, nous nous sommes lassés
D'une passion passagère ;
Cette relique de naguère
Témoigne seule du passé.

1928

Le vieux parc . . .

Ce soir, dans le parc romantique,
Sous les grands arbres séculaires
Dont les feuillages tutélaires
Ont je ne sais quoi de mystique,

L'obscurité pose en silence
Ses écharpes noires et floues,
Sur les pelouses où se joue
L'ombre des rameaux que balance

Une brise aux ailes câlines.
Perdue au milieu d'une vasque
Qu'un bouquet d'aubépines masque
A demi, de ses tiges fines,

Une nayade, en marbre, rêve
A l'émoi des belles amantes
Qui, peureusement, sous leur mante
Venaient, dans le jour qui s'achêve,

Rejoindre, sous ses yeux complices,
Leurs amants ivres de caresses,
Pour goûter la brisante ivresse
Des baisers, dans l'ombre propice.

1928

Vois . . .

Vois, la cascade au vent secoue
Sa blanche et lourde chevelure
Qui traîne au ruisseau qui se joue
Au sein d'une vierge nature.

Vois, le soir a teinté de rose
Les nuages de l'horizon ;
Du cœur meurtri des vieilles roses,
S'exhale un parfum de poison.

Le lac, moiré de songes, mire
Les plus belles fleurs de nos rêves
Et, sur son miroir où s'admire
Dans cette fin de jour si brêve,

Une colombe immaculée,
Fière de sa robe d'argent,
Voit de nos lèvres emmêlées
Frisonner le reflet troublant.

La nature chante son hymne
Pour nous, heureuse de l'ivresse
Que verse notre amour sublime
Dans nos cœurs ivres de tendresse.

1928

J'aimais . . .

J'aimais ce jardin solitaire,
J'aimais ses recoins inconnus
Où mon pauvre cœur éperdu
Trouvait un calme salutaire.

J'aimais aller à l'aventure
Et rêver aux jours d'autrefois,
Lourds d'ineffaçables émois,
Au sein de sa fraîche verdure ;

Entendre pleurer les murmures
De cet invisible ruisseau
Qui coulait sous des arbrisseaux
Touffus, aux épaisses ramures.

Je l'aimais surtout quand l'automne
M'offrait le ravissant décor
De la chute des feuilles d'or,
Silencieuse et monotone.

J'aimais ce jardin solitaire,
J'aimais ses recoins inconnus
Où mon pauvre cœur éperdu
Trouvait un calme salutaire.

1928

Tristesse . . .

Mon cœur, ce soir, est plein de toi.
Je rêve au passé qui déploie,
Encore fraîche devant moi,
L'écharpe où il broda nos joies.

Je revois les jours enchanteurs
Où l'amour nous grisait encore,
Où sous les mimosas en fleurs,
Radieuse comme l'aurore,

Tu dénouais dans le matin
Ton onduleuse chevelure
Qui, sur ta robe de satin,
Se glissait en un doux murmure ;

Le lac aux reflets capricieux
Où nous allions, au clair de lune,
Pour voir s'allumer dans les cieux
Les étoiles d'or une à une.

Mon cœur, ce soir, est plein de toi.
Les regrets lourdement l'oppressent
Et je voudrais, comme autrefois,
M'annihiler sous tes caresses.

1928

Remords . . .

Oui, tu fus la plus belle rose
Eclose au printemps de ma vie ;
L'essence que j'en ai ravie
A parfumé mes jours moroses.

Maintenant qu'elle s'est fanée
Tout en fleurissant le tombeau
De notre amour, parfois l'écho
De ta jeunesse profanée,

Sourd, fait retentir dans mon âme,
L'hallali des heures passées,
Et quand je te revois, blessée,
Pleurant ton pauvre amour de femme,

Je ressens ta propre blessure,
Car, vengeur fatal, le remords
Saigne, implacable, mon cœur mort
De son affolante morsure.

Comme un funèbre glas, tes larmes
Viennent troubler toutes mes joies,
Et je suis moi-même la proie
De tes douloureuses alarmes.

1928

Les nuances du cœur . . .

Quand, parfois, je vois dans vos yeux
Bleus, clairs comme l'eau des fontaines,
Passer un regard soucieux
Qui mire les fleurs de vos peines,

Je voudrais cacher sous des roses
Tous les souvenirs douloureux
Qui troublent l'éclat de vos yeux,
Mais votre amant timide n'ose

Recherche dans votre passé
Pour y déceler ce qui ronge
A ce point votre cœur lassé,
Quand vos yeux s'embrument de songes,

Car, dans nos heures de détresse,
Il arrive que les parfums
Ravis à nos chagrins défunts
Aient la douceur d'une caresse.

Et mieux vaut, devant la douleur,
Garder un farouche silence,
Car pour bien consoler un cœur
Il faut en saisir les nuances.

1928

TABLE DES MATIÈRES

III — LES OFFRANDES

*Achevé d'imprimer
le 15 Novembre 1928,
par G. PITOT et Cie
Tananarive - Madagascar*

www.ingramcontent.com/pod-product-compliance
Lightning Source LLC
LaVergne TN
LVHW020327230826
846091LV00003B/787

9782329197036